Das Werk, einschließlich seiner Teile, ist urheberrechtlich geschützt. Jede Verwertung ist ohne Zustimmung des Verlages und des Autors unzulässig. Das gilt insbesondere für die elektronische oder sonstige Vervielfältigung, Übersetzung, Verbreitung und für die öffentliche Zugänglichmachung.

Tredition GmbH, Hamburg
© 2017 Rolf Dieter Kaufmann

ISBN 978-3-7439-2964-7 (Paperback)
ISBN 978-3-7439-2965-4 (Hardcover)
ISBN 978-3-7439-2966-1 (E-Book)

Rolf Dieter Kaufmann

Ort, an dem nichts ist
oder
Ein sanfter Wellengang verteilt die
Asche ins Unsichtbare

Erster Abschnitt

Soldat Jacob McConnor
14. März 1973

„Ohne Zweifel, das ist mein Sohn!", sagt Major Jacob McConnor in seinem dreiunddreißigsten Lebensjahr, am 14. März 1972, an seinem Geburtstag.

Vor ihm, in Windeln, sein am 11. März 1973 geborener Winzling, in einem der vielen Gitterbettchen in der Kinderstation einer Münchener Klinik liegend.

Jacob verabschiedet sich von seinem Jungen, indem er zärtlich die kleinen Händchen des Kindes streichelt. Danach geht er in Zimmer 0321, wo seine deutsche Geliebte, sein europäisches Verhältnis, Else Baran, sich vom Aufwand für die Schwangerschaft und den Unwägbarkeiten der Geburtshilfe erholt.

„Ich muss nach Amerika zurück, Else, nach Washington DC genau!"

Die achtzehnjährige Else klopft ihrem Geliebten, dem US-Soldaten und Vietnam-Kriegsteilnehmer mehrfach auf seine hingehaltene Hand, als wolle sie sagen, *„Ist schon in Ordnung Jacob."*

Else schaut Halt suchend zum klaren Morgenhimmel hinter den großen Fensterscheiben.

„Ist Vietnam zu Ende?", fragt sie Jacob McConnor.

„Ja, Vietnam ist gestrichen!", antwortet er.

„Gut so!", sagt sie.

Jacob McConnor ergänzt, mit sich und seinen eigenen Worten beschäftigt:

„Wir haben diesen unnötigen Krieg verloren. Er ist eine Niederlage unseres Wertesystems und der Anfang vom Ende der Vormachtstellung der USA in der Welt. Sie haben uns zum Äußersten getrieben und darüber hinaus, sowie zu nicht notwendiger Grausamkeit. Amerika, die gefräßige und durch Machtfülle verblendete Spinne in der Mitte eines weltumspannenden Netzes."

Verbitterung weht in seinen Worten.

„Es ist ernüchternd, wenn man im Nachhinein Betrachter einer halsbrecherischen Sachlage und zugleich in diese verwickelt ist."

„Du bist zickig!", hatten seine Kameraden ihn oft ermahnt.

An Else sich wendend: *„Ja, gut! Ich schicke dir regelmäßig eine Summe Geldes für die Aufzucht, für Unterhalt, die Erziehung und Bekleidung meines Sohnes."*

Und nach kurzer Pause: *„Nenne ihn Jacob!"*

„Das klingt so akademisch!" antwortet Else.

„Was meinst du damit, Else, es klingt so akademisch! Der Name?"

„Nein das meine ich nicht. Aber für die Aufzucht, für Unterhalt, Erziehung und die Bekleidung meines Sohnes klingt so akademisch."

„Das wirkt auf mich so gebildet. Du bist ein gebildeter Mann!"

„Else, mache es gut!", verabschiedet sich Jacob McConnor.

„Es fällt mir schwer, dich zu verlassen, Else! Ich frage mich, wann ich dich wiedersehe."

Das waren seine letzten Worte. Dann verließ er mit Tränen in den Augen das Zimmer. *„Mach es gut! Take care!"*

Unfall, Jacob Baran, 11. März 1982

Else hatte es kommen sehen. Das Kind Jacob war ein Unfall. So sagte sie bis ins Jahr 1983 jedem. Jacob war ein Unfall.

Bis zu Jacobs neuntem Geburtstag, am 11. März 1982, kamen regelmäßige Geldzuwendungen bzw. Unterhaltszahlungen aus Amerika. Genug für beide, ihr Auskommen zu sichern und ein bescheidenes Leben zu führen.

Jacob Junior. I am feeling fine, 14. März 1982

Nach Jacob Barans neuntem Geburtstag, nach dem 11. März 1982, ließ Else den Fotografen Eduard Flansch in ihre Wohnung kommen.

Eigentlich kam er von selbst, weil Else über Jahre hinweg immer wieder erwähnte, sie wolle Jacob-Senior ein Bild von Jacob-Junior schicken.

Der Fotograf Eduard Flansch mochte den manierlichen und freundlichen Jacob sehr. Flanschs waren Nachbarn von Else und Jacob. Das Ehepaar blieb kinderlos.

Jacob-Junior verschickte vier Bilder von sich und seiner Mutter an Jacob-

Senior, mit vier Worten: *„Mir geht es gut! I am feeling fine!"*

Danach kamen aus den USA keine Geldzahlungen und auch sonst keine Lebenszeichen mehr.

**Übergabe des Jacob an Großmutter Maria,
11. März 1982**

Am neunten Geburtstag von Jacob schrieb Else einen Brief an Jacob McConnor. Es kam keine Reaktion. Ein paar Wochen später sandte sie ein Schreiben an dessen Freund, den Major Donald Smith, ebenfalls Vietnam-Kriegsteilnehmer.

Dieser antwortete, McConnor habe den Dienst bei der Armee quittiert und ein Studium der Humanmedizin begonnen. Er lebe jetzt in Tennessee.

Dabei beließ es Else. Sie schrieb keine Briefe mehr an Jacob McConnor.

Fortan überließ sie die Aufzucht, den Unterhalt, die Erziehung und die Bekleidung ihres Sohnes Jacob der Sorge und Umsicht ihrer einundfünfzigjährigen Mutter Maria.

**Eduard Flansch,
02. Mai 1967**

Eduard Flanschs Leidenschaft seit seinem zwölften Geburtstag, am 02. Mai 1967, ist das Fotografieren. Sein Vater hatte ihm eine Kodak Retinette I A mit brauner Ledertasche geschenkt. Nicht irgend eine.

Eduards Mutter: *„Du kannst doch diesem zwölfjährigen Kind keine so wertvolle Kamera schenken!"*

Um seiner Mutter zu beweisen, dass er nicht zu jung sei für eine Kodak Retinette I A mit brauner Ledertasche, hat er sich damals auf fotografischem Gebiet viel vorgenommen. Nach erfolgreichem Schulabschluss hat er eine Lehre als Fotograf absolviert.

Eduards Gattin, Fotografin Rita Flansch,
18. Februar 2009

Wie sehr wünschte sich Rita Kinder. Es kamen keine. Dabei blieb es.

Rita und Eduard betreiben ein Fotogeschäft. Beide verstehen ihre Arbeit als künstlerisches Schaffen, als Kunst.

Dabei spielt das Geldverdienen eine eher untergeordnete Rolle. Als Verkäufer von Foto-Waren verstehen die beiden sich ungern. Eher als Kopierer des Sozialen, des Daseinsschwundes und der Durcheinandergesellschaft.

Ihre Inspiration kommt von dem, was jetzt und heute geschieht.

Ihre Ziele: Fotografisch und wahrhaftig das Dasein zu durchleben und zu enträtseln, das Sosein des Lebens zu erschließen und die Gesetzmäßigkeiten der Welt, die konstruierten und die unabdingbaren, die konstanten und variablen zu deuten- was immer das auch heißen mag.

Rita interessiert die Gerechtigkeit und die Ausgrenzung. *„Wer weder über Gerechtigkeit noch Ausgrenzung nachzudenken bereit ist, der ist meiner Meinung nach ein äußerst gefährlicher Ignorant!"*. Das ist ihre Meinung.

„Meine fotografischen Werke sind weder schlecht noch gut, aber notwen-

dig! Während tausend Touristen Bilder von Tauben auf dem Markusplatz in Venedig fotografieren, um zuhause zeigen zu können, wie unverhältnismäßig viele Tauben es dort gibt, würde ich mir eher Gedanken über Folgen der Fütterung von Tauben machen und diese auf Fotopapier bringen wollen." Ritas fotografisches Schaffen steht unter dem Leitsatz: Leben ist höchst gefährlich.

**Fototermin der nostalgischen Else Baran,
14. März 1982**

Eduard fotografiert geradewegs auf die halboffene, an der Vorderseite kaputte, bei der Türklinke mit Messingbeschlägen verzierte Klo-Türe zu.

Im Klo, unter dem Waschbecken, neben der Klo-Schüssel steht ein großer, brauner Steinkrug mit in Kochsalzlösung eingelegten, hartgekochten Sol-Eiern. Auf dem Steinkrug steht: Stille Reserve.

Durch den Sucher weist Eduard Else und Jacob an, sich für ein Foto zu positionieren.

Else trägt einen Minirock aus den Swinging Sixties, aus Seidentaft, in Wellenlinien, knapp über den Knien endend, in weichen, fließenden Formen.

1969, an ihrem Geburtstag, hat sie dieses ungewöhnliche Stück in einer Boutique in Pasing erstanden – gegen den Willen ihres Vaters.

Vater: *„Ein schändliches Kleidungsstück, eine Erfindung des Satans. Du machst dich damit vor aller Augen zum Sex-Objekt."*

In ihrem Teenager-Alter sah Else immer älter aus als sie war. Für Else war damals der Minirock die Rebellion gegen alles und jedes. Leichter Stoff. Ein Mittelding zwischen Glocken- und Schlauchkleid, mit Fältchen und Abnähern, knapp über den Po reichend.

Auf ihrem Oberkörper trägt Else zum Fototermin eine transparente Bluse. Darunter trägt sie einen geblümten Büstenhalter. Das Design sichernd, hat sie – wie damals –lange, braune Stiefel an.

In diesem Outfit lernte sie fünfzehnjährig den dreißigjährigen, amerikanischen Soldaten Jacob McConnor kennen, am 01. Mai 1970, beim Maitanz in einem US-Army-Offices-Club oder so ähnlich, im HOME-COMING.

Sie gab vor, 20 Jahre alt zu sein, was man ihr auch abnahm.

Ein schönes Bild von Jacob und Else,
14. März 1982

Die braune Eingangstüre zu Elses kleiner Stadtwohnung ist niemals verschlossen und auch nicht verschließbar, obwohl immer ein Bartschlüssel im Schloss steckt.

Der Boden des Vorraumes mit Klo besteht aus geölten Holzdielen. Durch den Raum sind Plastikschnüre gespannt, um an Regentagen an diesen Wäsche aufhängen zu können.

Von der Decke hängt ein an zwei Elektro-Drähten festgemachte Glühbirne.

An der Wand neben der weißen Klo-Türe glänzt eine Kopie von Robert Doisneau´s Fotografie „*Kuss vor dem Rathaus in Paris*", von einem im Menschengetümmel sich küssenden Pärchen. Geschenk von Jacob McConnor.

Else ist kein Schmink-Typ, der sich die Lippen rouget, Wimpern aufträgt und Smokey-Eyes ins Gesicht malt. Sie benutzt weder Parfüm noch Naildesign, und schon gar nicht betreibt sie Maniküre. Normalerweise trägt sie Jeans mit einem breiten Gürtel. Nur selten trägt sie Röcke.

Aber heute, zum Fotoshooting mit ihrem Sohn Jacob für Jacob McConnor ist Festliches, Erinnerungspose, liebevolles Hochzeitslächeln und Ausgeschlafensein angesagt.

„Else ist mit ihren 27 Jahren ein lieber Mensch, und ihr Körper ist ein Spiegel vollkommener Schönheit.", sagt Eduard leise vor sich hin, während er die Kamera noch einmal auf den richtigen Punkt bringt.

„Was mag in ihr vorgehen, dass sie entgegen sonstiger Gewohnheit für ein Foto ein schockoladiges Lächeln säuselt und ihr Gesicht wie eine Sandrose in Falten legt, erhellt von vorgetäuschter Wiedersehensfreude. Es wird kein Wiedersehen geben. So, wie ich das sehe."

McConnor, Elses große und einzige Liebe, 1970

Else war 15 Jahre jung, als sie erstmals mit ihrer Schulfreundin Rose zu den Amerikanern ging. Ihre Auseinandersetzungen mit ihrem Vater trieben sie in die Arme der Soldaten. Aber Else hatte auf diesem Weg die einzige und große Liebe gefunden, Jacob McConnor. Die Beziehung mit ihm gab ihr Kraft und Zuversicht.

Zu Eduard sagt sie: „*Ich war abenteuerlustig, hatte die Nase voll von Anstand und Tugendhaftigkeit, vom allmächtigen Vater und meiner unter ihm leidenden, sich selbst aufopfernden Mutter. Ich wollte ausbrechen aus einem pervertierten Alltag, in dem man nur ein funktionierendes Rädchen im Getriebe zu sein hatte, ausbrechen aus bürgerlicher Anpassung, einkehren in das Reich der Sinne. Ich wollte bewegende Einsichten über mich und die Welt erfahren.*

Ich war einsam und wollte wissen, ob tatsächlich jeder in erster Linie nur an sich denkt."

Jacobs Großmutter Maria Baran, 11. März 1988

Jacobs Tagebuch Eintrag vom 11. März 1988, an seinem fünfzehnten Geburtstag, von ihm neu in Worte gefasst am 12. April 2009:

„*Verliere alle Illusionen, nur nicht deinen Humor*", war und ist Großmutters sich selbst auferlegte, ehelich Pflichtaufgabe.

Ihr Gatte, mein Großvater, war ein abweisender, mit sich und allem unzufriedener, ewig nörgelnder Mann. Er soll mich nicht geliebt und mich „*Elses Ami-Bub*" genannt haben. Das war so ziemlich gemein. Großmutter litt unter seinen Umgangsformen, ich will behaupten, der Abart ihres Mannes.

Großvater soll krank gewesen sein, gemütskrank.

Großmutter war, wie es ihre katholische Erziehung erlaubte, ohne Ansprüche an Ehe, Familie, Standards und Lebensraum in die Ehe getreten.

Doch die sie erwartenden Lebensbedingungen, die fehlenden Gemeinsamkeiten und die Egoismen ihres Gatten, waren sehr viel andere als von ihr erkannt und vorstellbar.

In der flachen, kühlen und schnell abgetragenen ehelichen Beziehung konnte sich bei ihr keine Geborgenheit entwickeln. Es gab keine Wärme, keine Aussprachen, keine Zärtlichkeiten. Der Verbrauch an Energie, die Leistungen, die körperlichen und die emotionalen, beugten die Frau mit den Jahren.

Manchmal, in höchster Not, wünschte sich Großmutter ihren Tod oder den ihres Gatten. Dann auch wieder nicht. Und doch war es anscheinend Liebe, die sie spürte.

Ihre Einheirat bei den Barans verelendete sie schleichend, geistig, seelisch und auch körperlich. Ihr lauter, selbstgefälliger und mit verrohten Umgangsformen und der wörterarmen Befehlssprache ausgestatteter Gatte und Vater ihrer Kinder machte sie zu einer getriebenen, verängstigten und in der Kirche Schutz suchenden Frau und im wahrsten Sinne des Wortes zur Sklavin.

"Ich hätte bald nach der Hochzeit gehen sollen. Aber ich brachte es nicht übers Herz."

Jacob, mein allerliebster Jacob, 11. März 1988

„*Jacob, mein allerliebster Jacob*", sagte Oma Maria an meinem fünfzehnten Geburtstag, „*Man sollte sich nie allzu weit aus seinem ursprünglichen Milieu heraus bewegen. Das bringt nur Kummer und Unglück.*"

Nach dem Tod ihres Gatten Ewald Baran begann Großmutter Maria, in ihrem einundfünfzigsten Lebensjahr, für sich und ihre Daseinsweise völlig neue, erfreuliche Akzente zu setzen.

Eines ihrer Markenzeichen war Höflichkeit, aufmerksame, souveräne Höflichkeit. Diese war, tief aus ihrem Inneren herausbrechend, plötzlich wieder Teil ihres Lebens, wie Essen und Trinken, Ruhen und Sichbetätigen.

Ich ahnte in jungen Jahren schon, was in ihr steckte. In ihrer Kindheit und Jugend war sie behütet. Sie wuchs in einer kleinen Landgemeinde in im Badischen auf. Sie erfuhr eine gute Erziehung, Bildung und Ausbildung.

Nach Großvaters Tod begann Großmutter Maria zu reisen, erst nur an Wochenenden mit Reisegruppen, später auch alleine oder mit mir.

Unser beider häufigstes Ziel wurde Venedig.

In Venedig geht Maria viele Stunden alleine und bei jedem Wetter durch die Gassen, hauptsächlich in den Ortsteilen Castello und Dorsoduro.

An der Schiffsanlegestelle Fondamento Zattere, beim Wirt Gianni, speist sie zu Mittag und nimmt sie ihren Nachmittagskaffee.

Sie spricht ältere Damen an, die, in Venedig beheimatet, bei Gianni ihre Kaffee-Kränzchen halten. Sie freundet sich an und findet eine zweite Heimat.

„Hier, in Venedig, möchte ich einmal begraben sein. Meine Asche soll in der Lagune zerstreut werden, am liebsten in den Salzwiesen am Ende der nördlichen Lagune, am Ende der Via di Lio

Piccolo.", sagt sie eines Tages zu mir, ihrem Enkel.

„Ich auch, Oma!" antworte ich. Ich war noch ein kleiner Junge und glücklich, von ihr auf Reisen mitgenommen zu werden.

Zweiter Abschnitt

Nicht für den Kriegsdienst ist der Mensch tauglich,
1991
Mit 18 verweigert Jacob den Kriegsdienst. Großmutters Rat: *„Nicht für den Kriegsdienst ist der Mensch tauglich, nicht für Waffen. Er tut nur so. Er ist so erzogen, immer so zu tun.*

Manch ein vermeintlicher oder tatsächlicher Held ging mit Überzeugung in den Tod. Man geht aus Überzeugung, aber man stirbt nicht aus Überzeugung. Man tut den zweiten Schritt nicht vor dem ersten. Kriege sind Schlachten. Es wird geschlachtet."

Die sechzigjährige, verwitwete Maria hat Angst, ihren angenommenen Sohn, *„Ein Geschenk Gottes!"*, ihr Enkelkind, auf diese Weise zu verlieren.

Bereichere dich, Jacob,
1998 - 2007

Der im Jahr 1998 fünfundzwanzigjährige Jacob ist mehr aus Versehen als aus Berechnung Handelsvertreter geworden.

Vom Wesen her ist Jacob gründlich in allem, sanft und zurückhaltend. Er ist immer freundlich.

Nach Anfangsschwierigkeiten im Handelsvertreter-Beruf stellt sich Erfolg ein.

Jacob: *„Geld als eine der elementaren Grundlagen des Lebens wurde mir plötzlich wichtig."*

„Bereichere dich!", wurde mein Wahlspruch.

„Fürchte nicht den Niedergang. Wer kein Geld hat, der hat auch keine Alternativen. Er sitzt in einem öden Umfeld fest, muss Menschen, die ihn missachten, oder gar nicht erst wahrnehmen, ertragen. Wer keine Mittel hat, flüchtet in Tagträume, findet das Leben hässlich und den Alltag eher grau. Er erkrankt, bricht mit der Welt – und zusammen."

Jacob liegt das Organisieren, Eingreifen, Entscheiden und etwas in die Praxis umsetzen. Er ist stolz, durch sein Handeln die Welt ein wenig mitgestalten zu können.

Maria zu Jacob: *„Geld verdirbt nicht. Es verschwindet nur, ist unstet und flüchtig. Und es ist nie da, wo es sein soll. Du musst es suchen und festhalten."*

Geht's dir an die Wäsche, dann nur mit Dr. Däsche, 1998 – 2009

Jacob Baran verdient seit seinem fünfundzwanzigsten Lebensjahr sein Geld mit Wäsche. Bettwäsche & Laken, Heimtextilien, Frottierware, Dessous, Unterwäsche, Slip string, pant, Spannbetttüchern, Wäsche für Allergiker, Kuscheldecken, Unterwäsche für Herren und Damen, Badeanzüge, Tag- und Nachtwäsche, Kleidung für Hochzeiten und mit Übergrößen – elegant, verführerisch, exklusive!

Jacob ist Handelsvertreter für die Firma Dr. Däsche GmbH. *„Geht's dir an die Wäsche, dann nur mit Dr. Däsche!"*, ist der Slogan der Firma. In seinem fünfundzwanzigsten Lebensjahr erlebt er seinen ersten Sieg bei so genannten Verkaufsverhandlungen mit

Großabnehmern. Umsatz: 156.000 DM auf einen Schlag.

Er verdient großes Geld. Geld ist ihm jetzt wichtig.

Die kulturelle Entwicklung macht vor Landfrauen nicht Halt, 15. April 2007

Zurückblicken auf das Jahr 2007: In seinem vierunddreißigsten Lebensjahr spezialisierte sich Jacob noch auf die Kleinkunden, überwiegend bäuerliche, und auf Handwerksbetriebe auf dem Land.

Maria: *„Die gesellschaftliche und kulturelle Entwicklung macht vor Landfrauen nicht Halt! Ein Produkt, das lebt, muss sich wandeln. Es verkauft sich sonst schlecht."*

Vier märchenhafte Jahre, 15. April 2003 – 15. April 2005

Rückblickend: Jacob arbeitete hart die ganzen Jahre, bis in die Nacht hinein. *„Ohne Arbeit kein Erfolg!"* So begründete er seinen mörderischen Einsatz gegenüber seiner deutschtürkischen Lebensgefährtin, Sevda Saban, seinem Schatz aus dem osmanischen Karabük, aus der türkischen Provinz Karabük am Schwarzen Meer.

Sevda Saban, 15. April 2005

Sevda Saban leugnete sich in ihrem fünfundzwanzigsten Lebensjahr, am 15.04.2005, aus der Welt. Ihre letzten Worte waren, damals für Jacob nicht nachvollziehbar, aber nach Sevdas Tod krasse Wirklichkeit:

„Irgendwann jedoch, irgendwann, um nicht ganz zu verrotten, muss man sich trennen von allem Müll, Körpermüll, Geistesmüll, Seelenmüll, von gegenständlichem und ideellem Müll, von Geld-Müll, von Glauben-und-nicht-wissen-Müll, der sich so angesammelt hat. Müll ist Gestalt des Absterbens, des Todes."

Ihren Tod suchte sie in einem Wald bei München, in der Natur, mit der sie seit ihrer Kindheit verbunden war: *„Ohne Natur kann ich nicht leben!"*

Begegnung in Venedig, 15. April 2003

Jacob hat Sevda Saban während eines Aufenthaltes in Venedig kennengelernt.

Markusplatz. Überall besetzte Tisch- und Stuhlreihen. Konzertante Musik.

An Elise. Seit Jahren die gleichen, fleißigen Musiker.

Jacob: *„Erlauben sie? Darf ich mich an ihren Tisch setzen?"*

Sevda: *„Ich bin mir nicht sicher, ob ich mit ihnen sprechen will!"*

Jacob: *„Entschuldigen sie. Sprechen ist nicht meine Absicht. Ich will nur kurz einen Espresso trinken."*

Sveda: *„Entschuldigen sie sich nicht, bitte, denn Entschuldigungen zwingen in ein Gespräch, das ich möglicherweise gar nicht will."*

Jacob: *„Ich verstehe! Einen Fremden neben sich zu fühlen, ist lästig. Man kann ihn nicht außer Acht lassen."*

Sevda: *„Außer es entsteht geistige oder seelische Nähe."*

Jacob: *"Oder beides! Um Himmels willen, sie werden mich doch nicht abweisen. In diesem Augenblick gibt es für mich nichts Schlimmeres, als von ihnen abgewiesen zu werden."*
Sevda: *"So etwas nennt man eine absurde Behauptung."*

Jacob: *"Eine meiner sinnlosen Bemerkungen. Seien sie mir nicht böse."*

Sevda: *"Machen wir es uns einfach. Nehmen sie Platz. Es ist ehe kein anderer Platz frei."*

Jacob: *"Liegt es nur an mir - oder sind sie von Grund auf ein zurückhaltender Mensch?"*

Keine Antwort von Sevda.

Nachdem der Ober einen Espresso gebracht und gleich kassiert hatte, versuchte Jacob an das Vorhergegangene anzuknüpfen. In ihm entstand plötzlich ein Gefühl des Ausgeliefertseins.

Und doch wollte er nicht gehen, ohne die gefühlsmäßige Ummantelung dieser Frau durchdrungen zu haben. Ungeordnetes Fühlen ist lästig.

Der Duft ihres Körpers traf seine Sinne. Die Gelegenheit, eine Frau zu erspüren, ist wie Bares, welches einem unverhofft und ohne eine Quittung ausstellen zu müssen, in die Hand gedrückt wird.

Hätte Jacob sich alleine auf dem Markusplatz aufgehalten, dann hätte ihn das Schweigen der jungen Frau in Panik versetzt.

Jacob: *„Diese ungehindert fließenden, strömenden Menschenmassen beeindrucken enorm."*

Sevda: *„Diese Menschenmassen sind das Unbequemste, was einem in Venedig passieren kann."*

In diesem Augenblick gab es für Jacob nichts schöneres, als die vielen vorüberziehenden, sich weder grüßenden, noch sich kennenlernen wollenden Menschen.

Dritter Abschnitt

**Sevda Sabans Tod,
15. April 2005**

„Jacob, ich bin zwar in Deutschland aufgewachsen, also eine Deutschtürkin, aber ich bin auch Muslimin. Also darf ich keinen Christen heiraten. Mein Bruder, Ali, dürfte das, quasi aus Missionierungsgründen.

Muslimische Männer dürfen das. Leben wir doch einfach zusammen, in wilder Ehe, wie die Deutschen das nennen, ohne Aufheben, ohne dass andere davon viel mitkriegen. Heute mache ich mich ganz besonders schön für dich. Die Welt wird staunen. Ich liebe dich von ganzem Herzen."

Sevda Sabans Humor?

Jacob kennt Sevdas Eltern und die Geschwister nicht. Er war nie in Karabük, nie in der Türkei.

Sevdas Eltern kamen aus Karabük direkt nach Duisburg. Obwohl Sevdas Vater gebildet und für die ihn schnell vereinnahmenden deutschen Verhältnisse extrem anpassungsfähig war, geriet er häufig – wegen der ganz selbstverständlich alles für sich in Anspruch nehmenden Deutschen – in Zorn.

Vor allem dann, wenn ein deutscher Autofahrer seinen PKW auf dem Stellplatz vor seinem Haus parkte und ihn deshalb, wenn er sehr müde und abgespannt von der Arbeit nachhause kam, zu zeitraubender, lästiger Parkplatzsuche zwang.

Er nahm dann – manchmal – um ein Exempel zu statuieren, einen Pisspott, füllte diesen mit dem, was der Mensch zwangsläufig ausscheidet, und schüttete dessen Inhalt aus dem zweiten Stock über den nach seiner Meinung falsch parkenden PKW.

So verriet er sein Missfallen, ohne erkannt und zur Rechenschaft gezogen zu werden.

2004 verließen die Sabans Deutschland wieder. Zwanzig Jahre zu verarbeitender Migrationshintergrund waren ihnen genug.

Vor allem Sevdas Bruder, Ali, drängte in die Heimat zurück. Im Gegensatz zu Sevda hatte er in Deutschland keinen beruflichen Erfolg.

Er sah in Deutschland für sich keine Zukunft. Die Militärpflicht in der Türkei brachte ihm schließlich die Erlösung.

Sevda durfte in Deutschland bleiben, nachdem ihr Vater ein für sie befriedigendes Machtwort gesprochen hatte.

Sevda fand eine Anstellung als vereidigte Dolmetscherin und als Simultan-Dolmetscherin in München.

„Nicht in Hosen zur Arbeit!", riet ihr der Vorgesetzte.

2004 wurde Sevda gegen den Willen ihrer Familie deutsche Staatsbürgerin.

Vom Türkenmädchen zur Dolmetscherin, vom Türkenmädchen zur Deutschtürkin, zur Deutschen.

Sevda nannte fortan Jacobs Mutter *„Oma Baran."*

„Wo ist das Ende Europas?", fragte Sveda Jacob einmal.

Jacob: *„Ich denke am Bosporus?"*

Sveda: *„Das ist geografisch, politisch, gewohnheitsmäßig und größenwahnsinnig gedacht!"*

Jacob: *„Weshalb größenwahnsinnig?"*

Sevda: *„Weil die meisten Menschen anders fühlen als ihnen der anerzogene Verstand verordnet. Wenn im Gazastreifen ein Kind durch eine Bombe zerfetzt wird, oder in Tel Aviv ein Mensch durch einen Selbstmordattentäter stirbt, in Somalia oder Kalkutta Menschen verhungern, oder ein Erdbeben tausende Familien zu Obdachlosen macht, dann fühlt unser Herz nicht national, nicht politisch, nicht geografisch. Ergriffen erfährt hier das Herz die Welt als grenzenloses Ganzes. Der Verstand begreift die Welt in Teilen. Der Verstand wägt, prüft, feilscht und hadert. Das Herz ersehnt,* *duldet und leidet – mitunter grenzenlos und unbegrenzt, allumfassend."*

Hadern mit der Geschlechterrolle,
15. April 2005

Jacobs Neuorientierung: *„Leben wollen ist des Menschen Ziel. Dem einen bringt das Leben viel, dem anderen viel zu viel."*

Sevda Saban hat sich am 15.04.2005 in einem Wald bei München das Leben genommen. Sie haderte mit Gott, der Welt und dem Geschlechterrollenspiel.

Sevda: *„Es ist halt bequem, sich einen Gott zu erfinden, insbesondere einen, der alles richten soll, wenn man ihn darum bittet. Es ist im wahrsten Sinne des Wortes ein unglaubliches Unterfangen, sich in der Welt mit einem Gott zu Recht zu finden."*

Jacob zu Sveda: *„Wollten doch die Lebensumstände, dass Gott einen Sinn hätte."*

„Jacob, ich liebe dich sehr, zu sehr!"

Der Tod von Sveda hat Jacob Baran schwer getroffen, erniedrigt und dazu gebracht, über Grundsätze seines Lebens neu nachzudenken.

Seitdem zieht er als Handelsvertreter ohne geistigen Beistand, ohne *„Weiß Gott?"* durch die Lande, ohne *„Allah bilir?"*, wie Sveda, seufzen würde, wenn plötzlich Probleme auftauchen - ohne *„Gott bewahre!"*, die Standard-Aussage für widrige Notfälle, heraufbeschworen von der geliebten Großmutter Maria.

Trauer und Freude, Luctus et Gaudium,
2007 - 2009

Nach dem Tod von Sveda richtet sich Jacob neu ein. Ohne Kraftmeierei und zügellose Leidenschaften, jedoch nahe an der konkreten Lebenswelt, die gravierenden sozialen, politischen Veränderungen in der Gesellschaft in den Fingerspitzen fühlend.

Fragt man ihn, *„Wie geht es dir?"*, was er so interpretiert, *„Wie steht es um dich?"*, antwortet er, *„Wie um Luctus, Sohn des Äther, der Erde und der Trauer. Trauer und Freude. Luctus et Gaudium."*

Jacob macht sich während seiner endlosen Verkaufsfahrten über Land viele Gedanken über sein Tun und Lassen, über Sinn und Unsinn, und über die vier märchenhaften Jahre mit Sevda.

Vierter Abschnitt

**Spiel im Sommerwind,
16. April 2005**

Aus Jacob Tagebuch. Sieht man mal von meiner wunderbaren Kindheit ab:

Ab meinem fünfundzwanzigsten Lebensjahr habe ich nie wirklich Zeit für das Wesentliche gehabt.

Ich musste mich immer nur um Überleben, Geschäft, Beziehungen und Gewöhnung kümmern.

Möge mir Sveda im Himmel oder in ihrem ersehnten und im Alltag oft heraufbeschworenen Märchenland masal ülkesi, in ihrem ersehnten *„Spiel im Sommerwind"*, meinen nachlässigen Umgang mit den wertvollen Inhalten des Lebens nachsehen.

Jacobs Umdenken, 2005

Viele Menschen ziehen es vor, sich in Überzeugungen, Machtzuwachs, Geld und Gier zu verzehren. Wegen Überzeugungen, wegen Gier, werden Kriege geführt, Glaubenskriege. Mit Machtwillen, Ansehen und Missgunst wird die Erde langsam begraben.

Diejenigen, die vorgeben, unsere Erde zu händeln und zu beschützen, sind vielleicht da, wo es Not tut, in Kopf und Herz ein wenig zu klein geraten.

Schon in Jugendjahren trieb Jacob die Neugierde, zu erfahren, wie Menschen so leben. Ihm lag immer daran, nahe an den Lebenswelten die sozialen Botschaften zu hören und die Wirklichkeit zu begreifen.

In der Schule hatte man ihn gelehrt, man müsse sich profilieren, um als derjenige, der man ist, erkannt zu werden.

Seine Großmutter Maria lehrte ihn hingegen: *„Ein gebildeter und gut erzogener und wohlwollender Mensch braucht keine Profilierung."*

Fünfter Abschnitt

Ort, an dem nichts ist, 02. Oktober 2008

Rotzburg, Kreis Musternormen. An der Einfallstraße zum Dorf Rotzburg steht ein großes Schild, das auf die Partnerdörfer von Rotzburg in Europa aufmerksam machen soll und wie folgt aufzählt: Herzlich willkommen im historischen Dorf Rotzburg, ehemals Narium excrementa, Kulturerbe der Menschheit.

Unsere Partnerdörfer sind LA MORVE in Frankreich, RANHO MUCO in Portugal, MOCCIO in Italien, MOCO in Spanien und SÜMÜK in der Türkei.

Im Dorf, vor den denkmalgeschützten Häusern, sitzen dickköpfige Männer, fügsame Frauen und sprachlose Kinder. Sie alle wippen unaufhörlich mit den Köpfen und Oberkörpern, nach vorne und nach hinten, Tag für Tag, die Gesichter unbewegt, ohne auffällige Mimik.

Ausgenommen es fährt gerade mal ein fremdes Auto mit überhöhter Geschwindigkeit und lärmendem Motor vorbei.

Vor allem im Sommer ist es so. In strengen Wintern, bei meterhohem Schnee, ist der Ort vom Rest der Welt abgeschnitten. Im Winter liegt hier viele Monate Schnee. Alle Wege sind zugeschneit.

Man findet nicht mehr zum Nachbarn. Die Menschen bleiben in ihren Häusern und langweilen sich.

Aus Langeweile zeugen sie Nachwuchs mit Frau und Kindern. Aus Langeweile stirbt man.

Jeder kennt jeden, auch wenn man sich nicht oder kaum begegnet.

Jeder weiß vom anderen. Alle sind irgendwie oder irgendwo miteinander verwandt. Verwandt soll ja von *„Verwendet"* kommen.

Irgendwann, vor langer Zeit, früher oder später, gerade eben oder wer weiß wann, haben die Bewohner von Rotzburg sich füreinander verwendet. Aber wofür heutzutage?

Wenn jemand am Sterben liegt, taucht ganz zufällig der einzige niedergelassene Arzt auf, um Sterbehilfe in Form einer deftigen Abrechnung für Sterbebegleitung (Liquidität, Liquidation) zu leisten, besser gesagt, zu verrechnen.

Ja, Händchen halten aus Geldgier. Das ist von diesem einst quirligen Ort Rotzburg geblieben.

Man kennt sich doch. Stirbt jemand, ohne etwas Werthaltiges zu hinterlassen, wird ihm eine Entschuldigungsformel mit auf den Weg gegeben: *„Er war zeitlebens ein braver Mensch, aber das Glück hat sich seiner nicht angenommen."*

Immerwährendes Nachhaken schließt die Traurigkeit: *„Zur Leiche kam die ganze bucklige Verwandtschaft, und die aufdringlichen Bet-Weiber waren auch wieder da."*

Man erwartet gar nichts voneinander, außer es bleibt etwas übrig oder zurück.

Der einzige verfügbare Richter lebt von erzwungenen Schuldeingeständnissen und Willkür-Urteilen. Er verzettelt sich in Rechtsbeugung.

Man kennt die Katze seines Nachbarn und tötet unaufgefordert deren Junge in der Regenwassertonne.

Der Kinderspielplatz ist sonntags geschlossen, um Ruhestörungen auszuschließen.

In einer vermeintlich streng geheimen Bruderschaft pflegt man zum Schein und öffentlich wirksam soziales Engagement, Zuspruch für Kranke und Arme, und das Spendenwesen, um nachhaltig den Eindruck zu erwecken, man wolle die Welt besser machen, als sie sei.

Es gibt keine unkontrollierten Bewegungen, keine in den Gliedern, keine in den Köpfen, keine zwischen vermeintlich sich nahestehenden Mitmenschen, keine im Gemeinwesen.

Kommt mal ein Fremder nach Rotzburg, dann sagt man nur: *„Da kommt einer!"*

Kommt eine fremde Frau nach Rotzburg, sagt man nichts. Man nickt nur mit dem Kopf.

Das gesellschaftliche und individuelle Leben dreht sich um Pellkartoffeln, Knödel, Brei, in der Pfanne geröstete Restkartoffeln und um Schweinebraten oder Blut- und Leberwurst.

Mit moralischen Reminiszenzen, aber scheinbar sinnvoll und nachhaltig für das praktische Leben, macht man Kinder für den Rest ihres Lebens frühzeitig gottesgläubig, drastisch gottesfürchtig, durch *„So und nicht anders!"*

Man lenkt das Glück mit zwanghaft sonntäglichem Trott in die Dorfkirche beim Friedhof am Ortsausgang.

Und man verunsichert mit willfähriger Glaubenslehre, die Glauben lehrt und Zweifel nicht zulässt, mit theologischen und philosophischen Endlosgesprächen der ewigen Sitzenbleiber im heimischen Gasthaus – und mit bierseligen Auseinandersetzungen über Abart und Andersartigkeit von Menschen und solchen, die es nicht wert seinen, Menschen genannt zu werden.

Ehefrauen bleiben unter sich, unterhalten sich gelegentlich ein wenig zu laut untereinander, miteinander oder übereinander bzw. über andere, über Lebende und Tote.

Weshalb? Um gehört zu werden. Oder sie flüstern hinter verhohlener Hand ein wenig zu leise, was bei Unbeteiligten von Fall zu Fall Aufsehen erregt.

Frisur-Trends, Lifestyle, Smokey-Eyes spielen in Rotzburg eine untergeordnete Rolle. Frauen gelten als schick, wenn sie das Leiden Jesu mit sich herumtragen, dazu das passende Demutsgesicht mit dem immer währenden Grauschimmer.

In Rotzburg ist man provisorisch demokratisch. Man wartet auf einen politischen Messias, einen, der richtet und bestimmt, wo es lang geht und was Sache ist.

Eine Steigerung für Jacob wäre der Besuch des Friedhofs in Rotzburg. Auf einem Grabstein in Rotzburg steht:

„Hier ruht Kreszentia Novotny, geborene Müller, geboren am 05.09.1984 in Polen, verstorben am 15.11.2005 in Rotzburg. Dein schönes, junges, rechtschaffenes Wesen, welches dir das Wohlwollen und Lächeln aller sicherte, führte dich in den Tod und in das unendliche Schweigen, in den Himmel. Dein Gatte."

Kreszentia Novotny war vergewaltigt und ermordet worden. Sie ist im Himmel? Weshalb überhaupt soll der Mensch in den Himmel kommen, und was ändert sich dadurch in der Welt? Hokus, pokus, fidibus!

Supermarkt längs der Straße, 12. April 2009

Ich heiße Jacob Baran, bin Handelsvertreter, alleinstehend. Ich besitze eine Scheckkarte, habe eine Steuer-Identifikationsnummer, ein Bankkonto, ein Auto, das ich an der Steuer absetzen kann, ein paar Freunde, z.B. die Friedhofsangestellten Calvus und Vindex.

Es ist Ostersonntag. Inmitten meiner Selbstgespräche verspüre ich plötzlich das Verlangen, mit fremden Personen reden zu wollen. Einige Fenster der umliegenden Häuser und Wohnungen sind noch von Licht erfüllt. Eine reine Wohngegend mit üppigem Grün hier.

So sinnlos mein irdisches Leben als gewöhnlicher Mensch auch war, ich konnte es wenigstens denkend und fühlend verbringen.

Voll von waghalsigem Eifer habe ich dem Verfall meines Innenlebens beigewohnt.

So erlebte ich das langsame Absterben alles dessen, was mich bei Laune hielt. Ich verspüre eine tiefe Müdigkeit.

Handelnden, fleißigen Personen versuche ich seit einiger Zeit aus dem Weg zu gehen. Ich habe anscheinend keine Überzeugungen und keine Meinungen mehr, mit denen ich andere interessieren oder begeistern, beglücken, zurückstossen könnte.

Mein letzter Versuch in meinem Leben wird sein, an der nächtlichen, mit dunkelgrünen Blättern verzierten Kastanien-Allee entlang zu schreiten. Ich ziehe die Nacht dem Tag vor.

Ich war einmal der Überzeugung, der Mensch wolle erst sterben, wenn er geliebt hat.

Von Sveda Saban wurde ich wahrhaftig geliebt. Doch brachte ich nicht die Geduld und die Reife, die Aufmerksamkeit oder die Umsicht auf, diese Liebe zu erwidern.

Man sagt einem Kind, du musst etwas tun, viel lernen, um jemand zu werden. Und meint damit, *„Ein nützlicher Idiot musst du werden!"*. Man vermittelt ihm damit *„Nur so kommst du ans Licht!"*, und führt es in die Finsternis, in Verhüllungen und Maskeraden.

Man verlangt nicht *„Werde ein guter Mensch!"*. Man nimmt dem Kind damit jede Möglichkeit, ohne andere ein guter Mensch zu werden. Nichts von alledem sagen, heißt *„Loslassen"*. Sagen heißt „*Greifen!*". „*Greifen*" bringt Überdruss.

Unablässig, als hätte ich mich verkauft, höre ich die Mahnung in mir, auf alle Zukunft zu verzichten.

Man sagt dem Kind, es werde frei, wenn es die Nähe der Erfolgreichen suche. Nichts zwingt den Menschen so sehr, wie Erfolg und Erfolgreiche.

Nichts knechtet so sehr, wie der Auswuchs des Vornehmen und Klugen, des Ruhmreichen und Mächtigen.

Wir vergrößern bewusst deren Gestalt, damit sie für uns unerreichbar bleiben und uns Enttäuschungen ersparen – und wir sie als fiktive Gestalten nicht entlarven müssen.

Es gibt keine menschlichen Fähigkeiten zur Vervollkommnung, nur Neigungen, Geschmack, Trend, Verwehren, Verwahren, Geben und Nehmen – und die Fähigkeit, sich aller Lasten zu entledigen, um leichter ins Leere zu fallen.

Frei bist du, wenn niemand und nichts dich zwingt, die Nähe der Mitmenschen zu suchen.

Wen sollte ich noch mit meinen Armen beschützen, mit den Augen ermutigen, mit Worten trösten?

Der Zukunft will ich nicht mehr angehören.

Via di Lio Piccolo
14. Mai 2009

Jacobs Großmutter bat ihren Verwandten, den Bestatter Karl Scharf, die Urne für einen Tag in ihrer Wohnung, auf der Kommode stehen haben zu dürfen.

Sie wolle die Urne noch über den Fluss in die Stadt tragen.

Zuhause öffnete Maria die Urne, schüttete die Überreste von Jacob Baran in eine metallene Kaffeedose und tat Asche aus ihrem Kochherd in die Urne.

Dann verschloss sie die Urne mit Heißkleber. Die mit Asche aus dem Herd gefüllte Urne brachte sie tags darauf zu Karl Scharf zurück.

Karl Scharf wusste instinktiv von allem und schwieg.

Fahrt mit dem Zug und mit Jacobs Asche,
13. Mai 2009

Am 13.05.2009, in der Nacht von Mittwoch auf Donnerstag, bestieg Maria, nachdem sie zuvor einen Liegeplatz bei der Bahn gebucht hatte, mit einem Rucksack auf dem Rücken kurz vor 21:03 Uhr in München den Zug Nr. CNL40485 München-Venedig.

In Venedig angekommen, ging Maria gemächlich zu Fuß durch die Stadtteile Cannaregio und Castello.

Am Canal della Fondamenta Nuove nahm sie das Linienschiff in die offene Lagune, nach Treporti.

Die eineinhalbstündige Fahrt durch die Lagune, an der Friedhofsinsel S. Michele, am farbenprächtigen Burano und der Hochzeitsinsel Torcello vorbei, war ihr ein Genuss. Der leichte Nebel, die Kälte und die nuancierten Brauntöne der Niedrig-Inseln gaben ihr ein wohliges Gefühl.

Von dem kleinen Ort Treporti aus begab sie sich zu Fuß, auf einen schmalen Weg mit Uferböschung mitten in der nördlichen Lagune, auf die Via di Lio Piccolo, bis dorthin, wo der Weg endet, bei den Salzwiesen.

Inmitten der wilden Natur, bei Seidenreihern, Kormoranen, Stelzenläufern und Silbermöwen schüttete Maria die Asche von Jacob, ihrem Neffen, in das Niedrigwasser und in die Sedimente.

Dabei verscheuchte sie einen kleinen Krebs, zwei Rohrdommeln und viele winzige Kleintiere, die erschreckt aus einander stoben.

Ein sanfter Wellengang verteilte die Asche in Unsichtbare.

„Jetzt ist Jacob einer der Bewohner in Fauna und Flora, Mitglied der Salzwiesengesellschaft in der lebhaften Lagune."

„Du bist eingebettet in einen unendlichen Kreislauf. Die Natur siegt immer, auch dann, wenn sie Schaden genommen hat."

Dialog der Friedhofsangestellten Calvus und Vindex, 12. Juni 2009

Calvus: *„Was suchst du?"*

Vindex: *„Im Wörterbuch!"*

Calvus: *"Ich habe gefragt, was du suchst?"*

Vindex: *„Ein Wort!"*

Calvus: *„Ja, welches?"*

Vindex: *„Weiß ich noch nicht!"*

Calvus: *„Hast du jetzt das Wort gefunden?"*

Vindex: *„Nein, noch nicht!"*

Calvus: *„Warum nicht?"*

Vindex: *„Ich weiß nicht, welches ich suche!"*

Calvus: *„Suchst du Luft, luftfremde Stoffe wie Flugasche, Staub, Ruß, Gas und Geruchsstoffe, Schwefeldioxid, Schwefelkohlenstoff, Schwefelwasserstoff? Sie verunreinigen die Luft."*

Vindex: *„Eigentlich nicht!"*

Calvus: *"Suchst du Wasser? Fluss- und Talschlingen, die es kaum noch gibt? Wilde Flüsse? Verschmutzt, von Abwässern erwärmte Flüsse, Haus- und Industriegewässer, Chloride, Nitrate, Sulfate, Blei, Cadmium, Nickel, Quecksilber?"*

Vindex: *"Eigentlich nicht!"*

Calvus: *"Suchst du Afrika, Gewerbe- und Industrie-Hinterhöfe der Großen Industrie-Nationen zur Entsorgung von giftigem Müll, Ölrückständen, Elektroschrott, Verpackungsmaterialien, Kunststoffen?"*

Vindex: *"Eigentlich nicht!"*

Calvus: *"Suchst du Sexualität?"*

Vindex: *"Eigentlich nicht!"*

Calvus: „*Es ist eine historische Tatsache, dass seit Erstarkendes des Christentums die Sexualität verteufelt wurde und immer noch wird.*"

Vindex: „*Eigentlich nicht!*"

Vindex zu Calvus: „*Nachts im Kopf erscheint mir die Erde als ständig vom Wind durchwehter, Wärme durchströmter, gespenstischer Trümmerhaufen, oder als einzige Geröllwüste, in der außer einer Menge undefinierbarer Pflanzen auf Halden und Kippen und dem Überbleibsel der Zivilisation unter einem Berg verstreuter, nutzloser Akten als einziges Beweisstück der Existenz des Menschen nur noch das Tagebuch unseres lieben Freundes Jacob Baran liegt.*

Sechsunddreißig Jahre hielt er sich hier in der Welt auf, in ihren Mauern.

Sie beschäftigte ihn so sehr, dass es keinen Gott mehr für ihn gab.

Doch die Welt scheint es wert, sie zu durchleben. Behaupte ich zumindest.

Die Erde ist ein Glücksfall.

Die Welt zu durchleben und zu enträtseln hieß für Jacob, das Sosein unserer Erde zu erschließen und die Gesetzmäßigkeiten, die Konstanten und die Variablen des Daseins zu deuten und zu erfahren."

Goldener Reiseplan für das Jahr 2044 oder irgendwann, 17. Juni 2009

Erwiderung zu dem in Schutt und Asche nicht gefundenen Abschiedsbrief des Jacob Baran:

Ich heiße Vindex und bin Friedhofsangestellter. Ich will hier voller Achtung zu dem in Schutt und Asche nicht gefundenen Abschiedsbrief meines guten Freundes Jacob eine Botschaft hinterlassen.

Mein Freund, ich habe einen goldenen Reiseplan für uns beide. Ich habe keine Angst, mit dir am Atlantik entlang bis zum ausschmelzenden, locker zusammensackenden Gletscher und von dort zu dem von abstürzenden Eismassen knirschenden Nordpol zu reisen.

Ich weiß, dass das Meer tief in die Niederungen unseres Kontinents eingedrungen ist, sich manche Stadt geholt und Menschen in die höheren Lagen ihrer Länder bzw. in von Siedlern in Not künstlich angelegte Wohnhügel getrieben hat.

Am Meer entlang fahrend, können wir die im Inneren des Kontinents verbreiteten, subtropischen Luftmassen, die aus dem Wendekreisgebiet 23 Grad 27 nördlicher und südlicher Breite herüber wehen, sowie Dürre, Süßwassermangel und neue Tropenkrankheiten umgehen.

Nichts soll uns hindern! Ich hätte keine Furcht, mit dir im Schweberausch bei Tempo 500 im Magnetzug in die von dir geliebte, romantische, durch Abwanderung vom Aussterben bedrohte französische Kleinstadt LA MORVE zu fahren, um dort im Restaurant Petit Gare tropischen Fisch zu speisen, den es inzwischen auch schon am Skagerrak zu fangen gibt.

Ich hätte keine Angst, in das nur mit großer Mühe und mit Mauleseln erreichbare türkische Städtchen Sümük zu reiten.

Ich hätte keine Angst, über das Meer bis nach Amerika, in die heute bedeutungslosen, einst stolzen Städte, z. B. nach NEW York zu fliegen.

Ich würde mit dir sogar in eine Laser-Rakete, Made in China, auf dem Mond, in der chinesischen Siedlung Himmlischer Frieden landen wollen.

Ein sich selbst genügendes Wirtschaftswachstum, 2044 oder irgendwann

Inzwischen hat sich unbemerkt von den Menschen ein sich selbst genügendes Wirtschaftswachstum durchgesetzt, jenes, das ohne Hilfe von außen, entsteht, self-sustained growth, allerdings auch ohne die Hilfe der Erd-Bewohner, der Menschen, gewissermaßen als Self-reliance, mit einem alternativen, sich selbst genügenden Entwicklungskonzept der Natur selbst, der sogenannten Ernährungssouveränität der Pflanzen und Tiere. Der Mensch ist aus und vor im Kreislauf der Natur.

Einst standen in New York Scheibenhochhäuser.

Heute liegt zwischen Trockenheit liebenden Halbsträuchern wie Artemisia und Kochia und vielen unbekannten Salzpflanzen großstückiger und scharfkantiger Scherbenschutt.

Saure Nebel, schwefel- und salperterhaltige Niederschläge verwandeln die Städte endlich in ein alles umfassende Bio-Reich.

Die Welt ist schön. Sie genügt sich selbst. Es genügt, sie anzuschauen.

Die Pflanzengemeinschaften in Mitteleuropa zeigen Pionier-Eigenschaften, die es ermöglichen, auf vorher vegetationsfreiem Gebiet sich zu vermehren und wachsen zu können.

Es gibt keine Schadenserreger mehr in der Welt, da es keine abzugrenzenden Schäden und keine Nutzpflanzen der Menschen mehr gibt.

Ökologisch, biologisch, physikalisch, technisch, chemisch ist alles in Ordnung. Die Natur hat sich ihr Vorrecht zurück erobert. Sie hat die Nutzpflanzen verdrängt. Alle Pflanzen sind jetzt Nützlinge, Biota. Und die Erde wird noch schöner, noch wilder, noch bunter und vielfältiger in Fauna und Flora.

Immer neue, unbekannte Pflanzen, Tiere und zerklüftete, bizarre Gesteinsmassen erfreuen Augen und Sinne des Menschen.

Was kümmert es, wenn dieser so reizvolle Klimawandel (So sagt man doch) die Versorgungslage der Weltbevölkerung schwieriger macht.

Die Verbrauchergewohnheiten werden sich ändern müssen.

Die Erde wird immer schöner. Verstehen wir sie als Ganzes, als Land des Lichts.

Es entsteht wieder Naturwald, ohne verheerende anthropologische Beeinflussung. Gras-, Strauch- und Baum-Anteile sind zueinander in Wettbewerb getreten. Die Welt wird immer vollkommener.

Der Werkzeugkasten für Schadstoff-Software, Cyber-Attacken und Cyber-Kriege der **N**ational **S**ecurity **A**gency (NSA) der Vereinigten Staaten von Amerika, der Werkzeugkasten des Secret Intelligence Service (SIS), des Government Communications Headquarters (GCHQ) und des Security Service Großbritanniens und der anderer Staaten sind wirkungslos geworden. Die Eingriffe ins System sind ohne Wert.

Über den Autor

Rolf D. Kaufmann, Jahrgang 1942, arbeitete als Lehrender 29 Jahre an einer deutschen Hochschule und 6 Jahre an einer italienischen Universität. Er studierte Kunstgeschichte, Malerei und Grafik in Rom, Politikwissenschaften in München, Pädagogik, Philosophie, Soziologie, Indologie und Sinologie in Freiburg. Die ihn am meisten beschäftigenden Themenstellungen sind Marginalität, in gesellschaftlicher Grenzstellung befindliche Personen, Ethnizität, Ambivalenzen in Mehrfach-identitäten – und der Dialog zwischen den Kulturen. Private und berufliche Gründe führten ihn nach Asien, Vorderasien, Afrika, in arabische Länder und nach Süd- und Mittelamerika.